Clemens Meyer

Nacht im Bioskop

Eine Erzählung
aus dem Großen Krieg
mit Bildern
aus einem Frieden

Faber & Faber

Нови Сад, Краља Александра улица
Novi Sad, Kralja Aleksandra ulica

Unterm Eis eines großen Flusses, der durch eine sehr alte Stadt in der südöstlichen Mitte der Welt floss, trieb eine junge Frau. Sie blieb an den Resten eines festgefrorenen Fischernetzes hängen, und ihr blondes Haar fächerte sich weit um ihren Kopf, und die Strömung des Flusses nahm ihr langes blondes Haar und bewegte es bis zu ihren Hüften, und unterm brüchigen Eis des Flusses sah es so aus, als hätte sie Flügel oder als würde sie in fließender Bewegung gegen den Strom schwimmen.

Die Stadt hieß Novi Sad, und die Deutschen nannten sie Neusatz.

Verschiedene Stämme siedelten seit jeher an den Ufern des Stroms, und viele hundert Jahre bevor die junge Frau ihre blauen Lippen bewegte im eisigen Wasser, als wäre noch ein winziger Rest Leben in ihr, als würde sie beten unter dem Eis, das sich so dicht, von Ufer zu Ufer erstreckte, dass die Soldaten mit Kanonen und Sprengladungen Löcher hineinschossen- und sprengten, hatten die Osmanen die Stadt erobert. Im alten Defter der osmanischen Verwaltung, das zwei sozialistische Völkerkundler später in den Katakomben der Festung Petrovaradin aufstöberten, auf der Suche nach den Spuren der südslawischen Völker, die sie im Sinne des *Völkereinenden multiethnischen Sozialismus* deuten oder uminterpretieren konnten, fanden sich Aufzeichnungen über die großen serbischen Familien, die von den osmanischen Besatzern geduldet wurden und in und um die Stadt herum lebten. »Bist du nicht auch der Meinung, lieber Kollege ...« – »Genosse!« – »... lieber Kollege Genosse, dass vor allem die Habsburger die Frühform einer imperialistischen Besatzungsmacht in Novi Sad darstellten, in dem Sinne, dass die nach Unabhängigkeit strebenden, in gewisser

Weise frühsozialistischen früh-, äh ..., *süd-slawischen* Völker ...« – »Durchaus, durchaus, Genosse!«

Und immer neue Namen erhielt die Stadt, nachdem die Osmanen verschwunden waren und die Habsburger herrschten (eine Zeit lang), Neoplanta, Új-Vidégh, Mlada Loza, lateinisch, ungarisch, bulgarisch ..., aber im Winter 1942, im Januar, als der Strom langsam zuzufrieren begann, und die blonde Frau noch am Bahnhof stand und nach Schwarzmarkthändlern Ausschau hielt, an der *Železnička stanica*, die in die Kälte dampfte und im matten Licht der Fenster und Eingangstüren die kommenden dunklen Tage und immer kälter werdenden Nächte erwartete, die drei Spitzdächer über dem flachen Gebäude schneebedeckt, schon jetzt ein wimmelndes Kommen und Gehen in der Schalterhalle, auf dem Bahnhofsvorplatz, Menschen, Reisende, Suchende, Fliehende, und hinter dem Bahnhofsgebäude zog der Dampf der Lokomotiven über die Gleise und die Bahnsteige, schwarzer Dampf der Kohle und weißer Dampf des Wassers, und weit über die *stanica*, in die Stadt und bis hoch zur Festung Petrovaradin auf der anderen Seite des Flusses, schrillten die Pfiffe der Lokomotiven, Soldaten und Uniformierte der Gendarmerie zwischen den Menschen, und die blonde Frau stand auf dem Bahnhofsvorplatz und hielt nach Schwarzmarkthändlern Ausschau, denn sie suchte eine ganz bestimmte Zigarettenmarke ..., im Winter 1942 nannten die Einwohner, egal zu welchem Stamm sie gehörten, ihre Stadt nur bei ihrem serbischen Namen *Novi Sad* (so beschrieben es die zwei jugoslawischen Völkerkundler viele Jahre später, ein Akt der Solidarität unter den Völkern); überall in Europa (und der Welt) war sie unter diesem Namen bekannt, obwohl die Ungarn, die mit den Deutschen verbündet waren, sie besetzt hielten.

Es war ein harter Winter, und Schnee und Eis legten sich über die Vojvodina und die Batschka und Novi Sad, und ein Mann, der unbewegt unterhalb der Festung Petrovaradin stand und auf die schmale, noch eisfreie Fahrrinne in der Mitte des Flusses blickte, hörte mit geneigtem Kopf die fernen Signalpfiffe der Lokomotiven, die aus der Stadt und über den Strom zu ihm drangen und ihn an lang gezogene Schreie erinnerten, und er wusste, dass dieser Winter Jahre dauern würde, vielleicht.

Der Mann kam aus wärmeren Gebieten und trug einen alten Pelzmantel aus grauschwarzem Wolfsfell. Er stand sehr still und scheinbar in Ge-

НОВИ САД
ТРАФИКА TRAFIKA

danken versunken, und wenn ein Soldat ihn von der Festung aus beobachtet hätte, wäre er in seinem langen Stehen und Starren auf den zufrierenden Strom einem kahlen Baum oder Baumstamm nicht unähnlich gewesen.

Als der Mann wenig später über die Brücke wieder Richtung Stadt geht, die Festung liegt dunkel hinter ihm in der beginnenden Abenddämmerung, Rekruten kehren den Schnee von den Dächern und Mauern und der Schnee fällt auf die kahlen Bäume unterhalb der Festung, und zwei Soldaten ihn auf der Brücke anhalten, um seine Papiere zu kontrollieren (der Mann ist sich zuerst nicht sicher, sind das graue Soldaten da vor ihm, oder die Blauen der Gendarmerie?, selbst die Farben der Uniformen gefrieren in diesen kalten Tagen), die Bajonette auf die Gewehre aufgepflanzt, warnen ihn die Soldaten, nachdem sie seine Papiere studiert haben und ihn dann neugierig anblicken, sie haben sogar kurz die Hacken zusammengeschlagen, als wollten sie dem Mann salutieren: »Gehen Sie nicht allein nach da draußen!«

»Da draußen?«, fragt der Mann. Er spricht ungarisch wie die Soldaten, aber sehr langsam und mit einem starken Akzent. Der jüngere der beiden Soldaten, dessen dünner Schnurrbart wie aufgemalt wirkt über seinen gesprungenen rissigen Lippen, weist mit dem Gewehr auf die Schneelandschaften jenseits des Flusses. »Partisanen, Kommunistenschweine.« Das Bajonett ragt wie ein sehr langer und spitzer Zeigefinger in die beginnende Nacht. »Sie haben geschworen, jeden Ungarn, jeden Deutschen …« Der Soldat hält kurz inne, er atmet heftig und sein Atem dampft. »… und die, die mit uns verbündet sind, zu töten, zu ermorden. Jeden!«

Der andere, deutlich ältere Soldat mischt sich ein: »Sie haben Flugblätter überall in der Gegend verbreitet. Sie haben ihre Flugblätter sogar auf die Toten genagelt.«

»Auf die Toten genagelt?«, fragt der Mann. Er hält seine Papiere immer noch in der Hand, Stempel, so viele Stempel, Kreuze, Zeichen, ein Schachbrett, eine Flamme, Pfeile, darüber, wieder andere Stempel, Unterschriften, fremde Zeichen …, dann schiebt er sie unter seinen Pelzmantel.

»Sie greifen uns an, wie aus dem Nichts«, sagt der ältere Soldat, »kürzlich haben diese serbischen Hunde einen Bunker an der Heerstraße Nummer …« Er stockt. Blickt zu dem Mann, der den Kragen seines Pelzmantels, um den der alte Soldat ihn so sehr beneidet, hochschlägt und seinen Kopf in den

Wolfspelz neigt, der die frostroten Wangen des Mannes berührt; es ist, als würde der Strom, der unter ihnen gefriert, die Brücke mit seinem Frostatem noch einmal anhauchen, dampfend, bevor auch die schmale Fahrrinne immer schmaler wird und sich schließlich ganz schließt.

»Wie aus dem Nichts«, wiederholt der alte Soldat und zieht sich die Feldmütze tiefer über die Ohren, das Holz in den gusseisernen Feuerkörben hinter ihnen sollen sie erst zu Beginn der Dämmerung anzünden, und der kleine Unterstand am Rand der Brücke bietet kaum Schutz, »sie kommen, schlagen zu, verschwinden …«

»Und *wo* haben sie die Flugblätter auf die Toten genagelt?«, fragt der Mann. Er holt eine Schachtel Zigaretten aus dem dichten Pelz seines Mantels. Seine Hände zittern, er kommt aus wärmeren Regionen, wo selbst die Winter mild sind, und er hat Mühe, seinen Kopf ruhig zu halten, wenn die Kälte ihm immer wieder unter den Mantel und in die Glieder fährt, sodass seine Zähne aufeinander schlagen.

»Selbst auf die Verwundeten nageln sie ihre Hetzschriften«, ruft der jüngere der beiden Soldaten, und das Bajonett auf seinem Gewehr, das er mit einer Hand am Schaft umklammert, bewegt sich silbermetallisch neben seinem Gesicht mit dem angemalten Schnurrbart hin und her, »sie sind wie die Tiere, diese Kommunisten, seit Tagen lauern sie uns auf!«

»Einen unserer Bunker haben sie ausgehoben«, sagt der alte Soldat, ohne auf den Ausbruch des jungen zu achten, »ganz in der Nähe, mit Handgranaten, und unsere Offiziere haben uns gesagt, dass sie dort ...«

»Rekruten waren in dem Bunker, zum größten Teil Rekruten, grün wie die Wiesen im Frühling, und dennoch ...« Der Junge winkt ab, er war ja selbst fast noch ein Rekrut und grün wie die Wiesen im ... Ganz langsam, beinahe zärtlich, greift er nach der Schachtel Zigaretten, die der Mann mit dem Pelzmantel und den beeindruckenden Papieren immer noch in der Hand hält.

»Ruhig, Kamerad«, sagt der alte Soldat und legt seine Hand, die fast blau schimmert in der abendlichen Kälte, auf den Arm des jungen Soldaten, »warte noch, Kamerad«, und unter der Brücke, unterm Eis des Flusses, der nun fast zugefroren ist, treiben ... NEIN. Noch treibt dort niemand, außer den Fischen.

Und die Fische drücken sich in den Schlamm der Ufer, und die Fische sinken immer tiefer hinab auf den Grund des Stroms, der durch die alte Stadt in der südöstlichen Mitte der Welt fließt, die Hechte und Karpfen betten sich in den Schlamm auf dem Grund des Stroms, wo das Wasser am wärmsten ist, die Kälte der Erdatmosphäre dringt nicht bis dorthin, das Wasser wird wärmer, je tiefer es unter dem Eis fließt, die empfindlichen Äschen drücken sich in den Schlamm der Ufer, stoßen zuvor mit ihren Köpfen ans Eis, saugen kurz mit ihren Fischmäulern am Eis, bis sie verstehen ... und versuchen im Schlamm der Ufer zu verschwinden, die meist steil bis auf den Grund fallen. Im Sommer baden die Kinder Novi Sads in den flacheren und friedlichen Nebenarmen, nur geübte Schwimmer wagen sich in die Strömung, die Fischer befahren den Fluss das ganze Jahr über, und es passiert nicht oft, dass der Strom vollständig zufriert, die Boote liegen an den Ufern oder das Eis hat sie hochgehoben, und der Fluss ist nun so fischreich wie selten, und einige der Fische verstehen es nicht, dass kein Himmel über dem Wasser schimmert, sondern dickes festes Eis, lange haben der Strom und seine Strömung gegen diesen Frost angekämpft, große Barben schwimmen in Gruppen dicht unter dem Eis, tauchen dann wieder ab, auf der Suche nach den strömungsarmen Stellen, sie sind, trotz ihrer Größe, keine klassischen Raubfische wie die Hechte, die alles fressen, selbst ihre eigenen Artgenossen, und die nun den Grund beherrschen, die schnabelähnlichen Mäuler stechen spitz und lang wie Bajonette in das trübe Wasser, weswegen die ängstlichen Äschen sich in den Schlamm der Ufer drücken, später wird es reichlich Nahrung für alle geben.

»Nehmen Sie sich ruhig«, sagt der Mann mit dem Pelzmantel und hält den beiden Soldaten die rotfarbene flache Zigarettenschachtel hin, wieder spricht er sehr langsam die Worte auf Ungarisch. Der alte Soldat greift zuerst zu, schiebt die Hand seines jungen Kameraden weg, nimmt zwei Zigaretten aus der flachen Schachtel, schiebt sich eine zwischen die Lippen, die andere hinters Ohr, weswegen er seine Feldmütze kurz abnimmt, der junge Soldat zieht nur eine Zigarette vorsichtig aus der Schachtel.

»Was ist das für eine Marke?«, fragt der alte Soldat und holt ein großes metallenes Feuerzeug aus seiner Uniformjacke, »englische?«

»Englische.« Der Mann mit dem Pelzmantel nickt und nimmt sich auch eine. »Dunhill.«

»Noch nie gehört.« Der alte Soldat gibt ihnen Feuer, es dauerte eine Weile, bis er sein großes Feu-

erzeug in Gang bekommt, die Flamme erlischt immer wieder im kalten Atem des Flusses, sie stellen sich dicht zusammen, um die Flamme zu schützen, paffen, inhalieren, schweigen und ziehen gierig an den Zigaretten, der Abend wird nun schnell zur Nacht und die drei Glutpunkte wären gut zu erkennen für Scharfschützen der Partisanen, aber so
20 nah an der Stadt und der Festung agieren sie nicht, auch wenn wenige Tage, fast schon Stunden später, anderes behauptet, die Stadt durchkämmt werden wird, Gerüchte sich in Hysterie verwandeln, sich alles verwandelt wie in einem bösen bösen Traum.

»Die sind aber gut, Ihre Zigaretten«, sagt der junge Soldat und hält die Halbgerauchte zwischen Daumen und Zeigefinger wie prüfend vor sein Gesicht, »woher haben Sie denn so was Feines?«

»Kriegsbeute«, sagt der Mann mit dem Pelzmantel und wirft seine runtergerauchte Kippe über das Geländer der Brücke in den Fluss, beziehungsweise auf das Eis, das ihn bedeckt.

Warum halten sie hier Wache, denkt er, wenn doch jeder über den Strom kommen kann. Ein heller Mantel, und keiner würde mich erkennen auf dem Eis.

Aber dann flammen die Scheinwerfer oben auf der Festung auf und beleuchten die Ufer und bewegen sich über den Schnee, wandern über die Äste der kahlen Bäume.

»Kriegsbeute?« Auch der alte Soldat wirft seine Kippe weg, und nur noch der Junge raucht. »Waren Sie drüben in Dünkirchen, oder sind die Engländer nun schon hier?« Er lacht kurz auf. »In Ungarn, bei unserem Reichsverweser Horthy.« Das Licht der Scheinwerfer streicht über die Brücke.

»Der Führer wird sie besiegen, mit unserer Hilfe! Er ist kurz davor, sie zu besiegen!« Der junge Soldat mit dem angemalten Schnurrbart hält die filterlose Zigarette, von der kaum noch etwas übrig ist, zwischen Daumen und Zeigefinger, nimmt noch ein paar hastige Züge, bevor die Glut ihm die Fingerspitzen verbrennt und er die Zigarette in den Schnee fallen lässt.

»Was erzählst du für einen Unsinn!« Der alte Soldat gibt ihm einen Klaps auf den Hinterkopf, auf die Rückseite der Feldmütze, und der junge Soldat schreckt zusammen, protestiert aber nicht, »wir stehen zu unserer Pflicht, aber wir kämpfen für unser heiliges *Magyar Királyság*, nicht für den Führer!« Das Licht der Scheinwerfer streicht über die Brücke.

»Der Führer hasst das Rauchen«, sagt der Mann mit dem Pelzmantel dann plötzlich und reicht den

beiden Soldaten wieder die flache Schachtel, »er nennt den Tabak, also auch das Rauchen, *die Rache des roten Mannes.*«

»Indianer?«, fragt der junge Soldat und reibt sich den Hinterkopf, »was hat der Führer mit den Indianern zu tun? Er ist doch kein Mann der Friedenspfeife.« Er lächelt, scheint sich an irgendetwas zu erinnern, wahrscheinlich an irgendein Spiel, ein Ritual seiner eben erst vergangenen Kindheit und Jugend. *Cowboys und Indianer.*

»Und was hat der Tabak mit den Indianern zu tun?« Der alte Soldat nimmt die Zigarette, die er hinter sein Ohr geschoben hat, überlegt es sich dann aber anders und zieht eine aus der Schachtel, die der Mann mit dem Pelzmantel ihm immer noch hinhält. »Die rauchten doch Kräuter. Der richtige Tabak kommt doch wohl aus dem Orient, nicht wahr? Hier irrt der Führer!«

Der alte Soldat zündet seine Zigarette mit dem großen Metallfeuerzeug an und stößt den Rauch aus. Am anderen Ufer schimmert das Stadtzentrum von Novi Sad schwachgelb in den Abend, in die Kuppel der Nacht. Man hört die Pfiffe der Lokomotiven.

»Wahrscheinlich«, der Mann mit dem Pelzmantel nickt, »die Orientalen hatten doch schon

Klospülung«, dieses Wort spricht er deutsch aus, »während wir ...«

»Nein, nein«, protestiert der junge Soldat mit dem Schnurrbart, der wie angemalt aussieht, »der Führer hat *doch* recht, der Tabak kommt aus Süd- und Nordamerika!«

»Woher willst denn du das so genau wissen?«, grummelt der alte Soldat und zieht an seiner Ziga-
rette, »auf manchen Schachteln steht doch was von Orienttabaken.«

»In der Schule in Györ hab ich's gelernt«, sagt der junge Soldat nun leise, als würde er sich schämen für seine Bildung, »unser Lehrer auf dem Gymnasium liebte den Tabak und rauchte auch im Unterricht seine Pfeife ...«

Wenig später, Tage, oder Stunden nur?, würde der Mann mit dem Pelzmantel den Jungen an einem der Eislöcher stehen sehen, zusammen mit anderen Soldaten, Schatten auf dem Wasser, im Wasser, die Pfiffe der Lokomotiven, die aus aufgerissenen Mündern dringen.

Die Feuerkörbe auf der Brücke brennen nun, der Mann mit dem Pelzmantel sieht weitere Soldaten, er hört eine Glocke schlagen in der Stadt, fünf Uhr am Abend erst und dunkle, dunkle Nacht. Er wirft seine Zigarette aufs Eis, hebt grüßend die

Hand zu den beiden Soldaten, die seine Papiere kontrolliert haben und mit denen er seit der Dämmerung geplaudert und geraucht hat, und stapft durch den Schnee in Richtung der Stadt. Die beiden Soldaten starren ihm noch eine Weile hinterher, den würzigen Geschmack der Dunhill-Zigaretten noch auf den Lippen.

 »Seltsamer Typ.«

»Seltsame Zeiten.«

»Woher er wohl die Zigaretten hat, so gute habe ich noch nie ...«

»Hat er doch gesagt.«

»Aber Kriegsbeute, was meint er damit?«

»Was schert es uns.«

»Aber du warst doch misstrauisch vorhin.«

»Es ist unser Beruf, misstrauisch zu sein. Seine Papiere waren in Ordnung.«

»Solche Dokumente habe ich noch nie gesehen.«

»Kriegst du auch nicht oft zu sehen.«

»Was er sich so für die Toten interessiert hat?«

»Die Toten?«

»Er wollte doch wissen, wo wir die Toten gefunden haben, mit den Flugblättern ...«

»Wir haben sie ja nicht gefunden, wir haben nur von ihnen gehört.«

»Von den Toten, ja. Ob es stimmt?«

»Was?«

»Na dass die Kommunisten, die Partisanen, ihnen ihre Parolen auf den lebendigen Leib genagelt haben.«

»Dann waren es keine Toten.«

»Na meinetwegen Schwerstverletzte. Und wo sollen die denn die Nägel hergehabt haben? Und 27
nagele du mal bei dieser Schweinekälte einer Leiche ... oder einem Schwerstverletzten ...«

»Du glaubst es also nicht, Junge.«

»Es wird schon stimmen.«

»Stell nie infrage, was die Offiziere dir sagen.«

»Es wird schon stimmen. Und unsere Rekruten haben sie erschossen, diese Kommunistenschweine.«

»Es wird noch schlimmer kommen, Junge.«

»Sie müssen bezahlen, diese Mörder.«

»Einer wird bezahlen, Junge, verlass dich drauf. Am Ende vielleicht alle.«

»Wie meinst du das?«

»Vergiss es.«

»Warum er immer wieder nach den Toten gefragt hat ...«

Und der Mann, der nach den Toten fragte, geht langsam durch die Altstadt, Richtung Bahnhof. Er macht einige Umwege, ist eine Weile nicht in der Stadt gewesen, die Häuser sind dunkel, die ganze Stadt scheint ihm dunkel, Gesichter hinter den Fenstern, Scherenschnitte in der Nacht, Patrouillen in den Straßen, in den Gassen, sind die Straßen schmaler geworden und die Häuser geduckter? Angst liegt über der Stadt Novi Sad, drückt von

oben und drückt von den Seiten, Grenzjäger, Militärpolizei, Matrosen der ungarischen Donauflotte, ungarisches Heer, Fahrradbrigaden, die ihre Räder durch den Schnee schieben, schwarze Ustascha-Uniformen, deutsche Verbindungsoffiziere, Hakenkreuze, Schattenschnitte in der Nacht, Patrouillen in den Straßen, der Mann mit dem Pelzmantel zählt stumm in sich hinein, eine hell erleuchtete Konditorei taucht plötzlich vor ihm auf, er betrachtet die Torten und Kuchen in den Auslagen, fast wie in Wien, denkt er, die alten Habsburger Schlemmer, er ist noch nie in Wien gewesen. Er überquert den Marktplatz, kein Schnee unter seinen Füßen, die Straßenkehrer kehrten den ganzen Tag, auf Befehl des Ritters Ferenc Bajor, der sich als ungarischer Bürgermeister der alten Stadt in der Tradition der alten ungarischen Ritterorden sieht, während der Rest der Stadt im Schnee versinkt, Divisionen von Straßenkehrern, die im Takt die Besen schwangen, hier brennen die Straßenlaternen, leuchten die Fenster des riesigen Magistratsgebäudes, des Rathauses, das die geduckten Häuser der Altstadt überragt mit seinem Turm und der Säulenfassade. Dann wurden die Straßenkehrer abkommandiert zum Banschaftspalast, der *banovinska palata,* ein moderner Palast, der eher wie ein großes Gefängnis wirkte, ein Verwaltungsgebäude, um dort den Schnee von den Straßen zu fegen. Befehl der ungarischen Militärverwaltung. Die Glocke schlägt im Turm des Magistrats, die Glocke schlägt ... er zählt *odin, dva, tri,* die Glocke schlägt im Turm des Magistrats von Novi Sad, hell leuchten die Auslagen einer Konditorei, eins-zwei-drei, später verstummt die Glocke, Monate, Wochen?, ist Projektil geworden, eingeschmolzen, *kriegswichtiges Gut,* verschwindet im Klang der Fronten.

Soldaten unter den Säulen der Fassade des Magistrats. Manche tragen Stahlhelme, andere hohe schwarze Pelzmützen, irgendeine Spezialeinheit traditionsbewusster Magyaren, die Bajonette aufgepflanzt, und der Mann mit dem Mantel aus Wolfspelz fragt sich, ob der Generalleutnant Feketehalmy-Czneyder hier residiert, die Einwohner nennen ihn den *kleinen General,* denn er ist ja nur

Generalleutnant, Béla Novákovitch, der große General, der Chef der ungarischen Militärverwaltung der südlichen Vojvodina, sitzt ganz in der Nähe des Stadtzentrums in dem klobigen lang gezogenen Komplex der *banovinska palata*, des Banschaftspalastes, oder hat sich einer der Generäle oben auf der Festung Petrovaradin verkrochen, wie manche der Einwohner mutmaßen, aus Angst vor Angriffen der Partisanen, aber auf der Festung ist es nicht sicher.

»Moment mal, Freunde, der Rakija in allen Ehren, aber eben erzählt ihr dies und das und es wäre so und so, und jetzt auf einmal ist alles wieder anders?«

Ja, ja, die Serben hätten dort noch großen Rückhalt und es kursieren Gerüchte, dass die Partisanen sich in den Katakomben eingenistet haben, der Mann im Pelzmantel weiß, dass das nicht stimmt, noch nicht, noch waren die Besatzer stark, Ungarn, Deutsche, Ustascha, noch funktioniert das Geflecht aus großen und kleinen Generälen, Stadtkommandanten und Militärverwaltern, Zivilverwaltern und alten und neuen Rittern, Donauflottenkapitänen und Verbindungsoffizieren, die Deutschen sind Meister im Verwalten, und die Ungarn haben ein wenig Chaos mitgebracht.

Und der Mann, der nach den Toten fragte, wirft den Kopf zurück und lacht, und einige Passanten bleiben stehen und blicken ihn an, was gibt es denn zu lachen im Januar 1942 in Novi Sad? Und auch einige der Soldaten mustern ihn, obwohl er noch weit entfernt steht, aber er kann nicht aufhören zu lachen, weil ihm der Gedanke gekommen war, nein, er *sieht* es direkt vor sich, wie die Soldaten unter der Säulenfassade des Magistratsgebäudes einmal in der Stunde ihre Kopfbedeckungen tauschen, Kameraden im Winter, es musste höllisch kalt sein unter einem dieser Stahlhelme, und wie sie darüber in Streit geraten, die Soldaten des Heeres und die Traditionseinheit, laute Stimmen auf dem Marktplatz von Novi Sad: »Und wenn sie auf euch schießen, seid ihr sofort *kaputt* mit euren lächerlichen Mützen!«

»Als ob euer Helm eine Kugel abhalten könnte!«

»Aber Granatsplitter, Kameraden!«

»Als ob die verdammten Partisanen Kanonen hätten!«

»Aber sie könnten mit Handgranaten angreifen, direkt hier auf dem Marktplatz!«

»Hier? Nein. Sie würden doch eher die Militärverwaltung angreifen!«

Ujvidék.

»Den Palast? Sollen sie es ruhig wegsprengen, dieses hässliche ...«

»Pass auf, was du sagst, Kamerad, gegen das heilige Ungarn!«

»Was hat denn der Palast mit uns Ungarn zu tun, die Jugos ... die Serben haben ihn gebaut!«

»Alles, was das heilige *Magyar Királyság* erobert, gehört auch zum heiligen *Magyar Királyság*!«

»Mir ist jedenfalls schön warm unter meiner Mütze!«

»Aber wir hatten es doch ausgemacht, dass wir tauschen!«

»Ja, ja, nur die Ruhe, das kostet Schnaps!«

Und der Mann im Wolfspelz, der nach den Toten fragte und still in sich hineinzählte bei seinen Rundgängen durch die Stadt, sieht, immer noch lachend, den Wechsel der Mützen und Helme, die nicht so recht zu den jeweiligen Uniformen passen, sieht die Streitereien dieser zusammengewürfelten Wachmannschaft (und radelten nicht die ungarischen Soldaten auf der Suche nach Ruhm, ausgesandt vom Reichsverweser Horthy, mit den deutschen Truppen beziehungsweise hinter den Truppen gen Moskau, die berühmte Veloziped-Brigade?), sieht all das wie in einem Stummfilm, die Stimmen der Soldaten auf Texttafeln gebannt.

Und er liest die harten und dennoch komischen Worte des Streits auf diesen Texttafeln, sieht die Soldaten die Mützen tauschen und nach den Helmen greifen, scheppernd (stumm!) fällt ein Helm zu Boden, flimmerndes Schwarz-Weiß, er sieht, wie er ein Kino betritt, ein *Bioskop*, hier in Novi Sad, ein Schalter, ein Kassenhäuschen, in dem eine alte Frau sitzt, ihm ein kleines Pappticket gibt, das ihn an ein Eisenbahn-Billett erinnert, ein langer Gang, den er immer weiter läuft, dem Kinosaal zu, und ungläubig staunend blickt er erstmals in das Licht des Projektors, vor fast zwanzig Jahren.

Er hatte Verwandte in der Stadt, die wollten ihn verkuppeln. Irgendeine Bäckerstochter.

»Komm zu uns in die goldene Vojvodina, hier backen die Bäcker bis zum Ende aller Tage, es wird dein Schaden nicht sein!«

Er war siebenundzwanzig Jahre alt, als er zum ersten Mal nach Novi Sad kam, und er war noch nie in einem Kino gewesen. Was lief dort? Er kann sich nicht genau erinnern, Bilder und Stimmen der Vergangenheit, Stummfilme, Tonfilme, das Rattern des Projektors.

Er stand vor dem Bioskop von Novi Sad, trug seinen guten Anzug, den sein Vater vor langer Zeit in einem der großen Herrenateliers von Zagreb gekauft hatte, und der ein bisschen zu knapp saß, wie sollte ihm der noch passen, wenn er eine Bäckerstochter geheiratet hatte? Er zerdrückte einen kleinen Strauß Blumen, den er für die Bäckerstochter gekauft hatte, nervös an seinem Jackett. Er hatte noch eine gute Stunde Zeit, bis er die Unbekannte, von der er nur ein sehr unscharfes Foto erhalten hatte in einem Brief (sie wirkte recht dünn für eine Bäckerstochter, aber das konnte täuschen), im Haus seiner Verwandten treffen würde, und die wohnten gleich um die Ecke, genug Zeit für einen Film. Und er strich die Aufschläge seines Jacketts glatt, betrat das Bioskop, ging zum Ticketschalter, ging durch einen langen Gang, Filmplakate an den Wänden.

Was genau hat er gesehen, damals? Er versucht sich zu erinnern, während er immer noch die Soldaten beobachtet. Chaplin, der dem Führer so ähnlich sieht? Nein. Der Mann mit dem weißen Gesicht? Nein. Der Mann, der an den Zeigern einer Uhr hing, oben an einem riesigen Turm? King Kong? Der junge John Wayne? Nein. Die kamen doch erst später. Johnny und der Affe. Dieser Deutsche? Nein, die hat er Anfang der 30er Jahre gesehen, in einem anderen Bioskop. Aber hier in Novi Sad? *Der Fuhrmann des Todes*?

Der Fuhrmann ist verdammt, die Seelen der Verstorbenen in seiner Kutsche mitzunehmen, Männer, die trinken auf einem Friedhof und lachen über diese Legende, eine unglückliche Frau wartet woanders auf einen der Männer, der Fuhrmann kommt durch den Nebel mit seiner Kutsche, fährt ins Bioskop von Novi Sad ... Ja. Vielleicht. Lange her.

Die Filme und Bilder und Spieler schieben sich ineinander, Chaplin, Cowboys, große Dramen, Autos und Kutschen, denn er hat Tage im Bioskop von Novi Sad verbracht. Er hat auf dem harten Klappstuhl aus Holz gesessen, der bei jeder seiner Bewegung knarrte, inmitten einiger anderer knarrender Bioskopbesucher, und als der Film begann, ein alter Mann saß an einer kleinen Orgel neben der Leinwand und spielte seltsame Melodien, die mal zu den stummen Bildern passten und mal nicht, da wusste er, dass er nie wieder etwas ähnlich Überwältigendes sehen würde und spüren würde, die Wirklichkeit verschwand, und die Wirklichkeit erschien.

Die Verwandten, die vor der Scheibe des Kino-Cafés standen, in dem er zwischen den Filmen saß, die Bäckerstochter hinter ihnen, ein unscharfer blasser und unglücklicher Strich, die Verwandten, die an die Scheibe des Cafés schlugen. Waren das Schüsse? »Ihre Papiere, bitte!«

Er sucht das Kino, das Bioskop, auf seinen Gängen durch die Altstadt. Es gab nichts mehr zu beobachten am Magistrat von Novi Sad, Helme und Mützen wurden getauscht, Wachmannschaften abgelöst. Doch er kann das Bioskop nicht finden. Fiel sicher auf, als er wieder und wieder seine Runden drehte in der dunklen kalten Stadt. Er wollte doch eigentlich zum Bahnhof, zur *stanica*.

An der Synagoge bleibt er stehen. Warum sind hier keine Soldaten zu sehen? Auch keine Uniformierten der Gendarmerie. Die große Kuppel, der kleine seitliche Turm.

Von dem angeblich Leuchtzeichen gegeben wurden, zu den Partisanen in der Ebene, zur Festung Petrovaradin, wo die Partisanen in den Katakomben lauerten. Er hat seit Tagen den Gerüchten gelauscht. In der Stadt, vor der Stadt. Notierte sie im Geiste, schrieb sie in sich hinein.

Er tritt näher an das große Gebäude heran. Nimmt sich eine Zigarette aus der flachen Schachtel und zündet sie an. Er braucht fünf Streichhölzer, bis der Tabak brennt.

Es ist vollkommen ruhig in der Straße. Wie kalt es wohl war? Mindestens zwanzig unter Null, eher noch kälter, sonst wäre der Fluss nicht zugefroren. Die Ruhe vor der Synagoge ängstigt ihn. Hat er nicht vorhin Schüsse gehört? Immer wieder war er durch die nächtliche Stadt gelaufen. Stimmen und Geräusche von allen Seiten, mal laut, mal leise, doch meist gedämpft, ihm war, als könnte er in die Häuser hineinhören, er schüttelt den Kopf, hat das Gefühl, jede seiner Bewegungen würde sich verlangsamen in dieser unfassbaren Kälte, Stimmen und Geräusche, die sich dehnen, wie von einer gebremsten Schallplatte an sein Ohr dringen. »Hör auf, Vater, nimm den Finger von der Schallplatte. Wir wollen die Geschichte wieder normal hören!« Was war das? Lachen und Stimmen und Musik, die er gehört hatte, als er an einer der großen Villen am Stadtrand vorbeigekommen war, hier wohnten die angesehenen Familien von Novi Sad, aber was hatte das heute schon zu bedeuten. Und was gab es zu lachen im Januar 1942? Aber man muss sich die Zeit vertreiben, bevor es ganz dunkel wird.

Schüsse? Nein, noch nicht. Stimmen und Bilder und Menschen, und er notiert all das in sich hinein, Zahlen, Zahlen, Menschen. »Einer wird bezahlen, am Ende vielleicht alle«, und als er in der beginnenden Nacht am Banschaftspalast vorbeigekommen war, die Kälte des Flusses noch unter seinen

Kleidern, auch hier Truppen, Soldaten, Stahlhelme und Pelzmützen, die Blauen der Gendarmerie, die Grauen und Grünen des Heeres, Glutpunkte ihrer Zigaretten, schien es ihm, die Wände und Mauern aus Beton würden die Melodien und Lieder und Märsche und das Klappern der Hufe der Pferde und das Knallen der Absätze der Soldaten *Wozu ist die Straße da, zum Marschieren, zum Marschieren um die weite Welt* zu ihm werfen, halblaut, denn es lag ja Monate zurück und die Vergangenheit dämpfte die Töne, aber dennoch deutlich zu vernehmen all das, ein immerwährendes Echo der Parade der Sieger, vor mehr als einem halben Jahr, Lieder und Märsche und Stimmen und Hufgeklapper zwischen den Mauern, kalt sah er aus der Banschaftspalast, die Betonwände wirkten wie mit Raureif überzogen, obwohl ja Sommer war, 1941, endlose Kolonnen, die den Palast passierten, der kalt und lang gezogen und klobig und doch seltsam filigran in seiner Langgezogenheit neben dem Zentrum der Stadt lag, Fahnen, Menschen unter Fahnen, Tausende Bajonette an den Läufen der Gewehre, und die Pferde dampften, als würden sie die kommende Kälte schon spüren, und der Mann stand ohne Pelzmantel am Rand der Parade. Dann hatte er die Stadt verlassen, und nun scheint es ihm, er wäre das ganze letzte halbe Jahr, das zwischen der Parade der Sieger und dem Januar 1942 lag, in einem großen Halbkreis wieder zurück in die Stadt marschiert, durch Dörfer, an kleinen Flüssen vorbei, bunten Laubwäldern, die kahl wurden, kleinen Weihern, dem Winter zu.

Eine Brücke am Fluss. Ein Dorf in der Nähe, in dem auch die Kinder getötet wurden, immer noch und wieder im Januar. »Fünfzig Leichen?« »Nein.« »Siebzig?« »Nein.« »Wie viele?« »Ich muss in mich horchen.« Kinder, was sollten sie auch leben ohne ihre Eltern? Stimmen, Tote, die über den Fluss in die Stadt kamen, ins JETZT.

Er steht vor der Tür der Synagoge, blickt auf das kreisförmige Fenster unterm Dreieck des Portals, die große Kuppel weit über ihm in der Nacht. Sterne. Er legt den Kopf in den Nacken. Wo ist der Mond? Seit Tagen hat er keinen Mond mehr gesehen. Er wanderte am Ufer des Stroms entlang. Kleinere Flüsse mündeten in den Strom. Kleinere Flüsse, die sich zuvor verzweigten, durch Dörfer flossen, deren Namen der Mann noch nie gehört hatte und tief in sich notierte, auf das noch frische Papier seiner Erinnerungen, das schon fleckig zu werden begann, aber wirkliche Notizen waren verdächtig, konnten gefunden werden, und so beweg-

НОВИ САД
Владичин Двор

OVI SAD
ičin Dvor

te er die Lippen, während er durch die verschneite Ebene kam, früher Januar 1942, sprach flüsternd die Namen der Dörfer, die ihm so fremd klangen, wieder und wieder, bis sie ihm leicht von der Zunge gingen und er nachts im Schlaf noch die Lippen bewegte, näher führten ihn die Namen an Novi Sad heran, so wie die Flüsschen sich dem Strom näherten, und dann doch wieder weg von der Stadt, die nun wieder Új-Vidégh genannt wurde, und zu jedem der Namen gehörte eine Zahl, die größte würde noch kommen, Zahlen, die ihm fremd waren, Menschen in Flüssen, nur selten fand er ihre Namen, und so notierte er alles in sich hinein, er hatte in seiner Jugend recht gut Schach gespielt und sein Gedächtnis war noch gut, obwohl er schon über vierzig war, und er glaubte fest, dass er, wenn er jünger gewesen wäre in diesen kalten Tagen und Monaten und Jahren, schreiend durch die verschneite Vojvodina gerannt wäre, er hätte so sein Gedächtnis geleert unterwegs, zurück in seine Stadt, die in wärmeren Gefilden lag, oder zu seinem Bruder, der in einem Gebirge lebte, über dem fast immer die Sonne schien, aber so zählte und notierte er, Namen und Namen und die Zahlen der Toten, wann hatten die Aktionen begonnen ?, wann sah er die ersten Menschen in einem der Flüsse ?,

Namen von Dörfern, Namen von Flüssen und Flüsschen, Zahlen. »Was hast du gesehen, alter Mann?«, aber der alte Mann, der nur einen Bauernkittel trug, schwieg und blickte auf die Häuser am Ufer, deren Türen offen standen, und die Kälte drang in die leeren Räume, und als er sich noch einmal umdrehte auf seinem Weg zurück Richtung Novi Sad, war der alte Mann verschwunden, nur der umgestürzte Baum, auf dem er gesessen hatte, war lang und dunkel im Schnee zu erkennen. Er musste vorsichtig sein, die Partisanen waren nicht nur in der Dunkelheit aktiv, sie hatten ganz in der Nähe des Dörfchens ... er bewegte die Lippen ... einen Bunker der ungarischen Armee ausgehoben, es hatte Tote gegeben und die Vergeltungen begannen nun. Der Schnee knirschte unter seinen Füßen, und er bewegte die Lippen, unentwegt bewegte er die Lippen, als würde er murmeln, leise sprechen, aber nichts war zu hören, nur das Knirschen seiner Schritte im Schnee.

Die Stille um die Synagoge wundert ihn, und er lehnt seine Stirn kurz ans Holz der Tür. Er schreckt zurück. Seltsam, die Tür ist warm, das Holz beinahe heiß, oder war das seine Stirn?

Ihm scheint, dass da Stimmen sind, im Inneren des Gebäudes, er hört ein leises Gewirr aus stetigen Stimmen, ein stetiges Gewirr aus leisen Stimmen, hinter dem heißen Holz der Tür, hinter seiner heißen Stirn, Geflüster, *nur nicht zu laut, ihr Menschen!*, warum hat er den Mond nicht gesehen seit Tagen?

»Ustascha-Schwein!« Er dreht sich um. Die Straße ist leer. Nur wenige der Gaslaternen brennen. Er berührt seinen Rücken mit den Fingerspitzen, greift über seine Schulter hinweg, als wolle er sich selbst umarmen, zieht die Handschuhe aus. Ihm ist, als wäre diese zischende Stimme, »Ustascha-Schwein«, direkt in seinen Rücken gedrungen, aber hinter ihm steht niemand. Er senkt den Kopf und schaut auf die Aufschläge seines Pelzmantels. Nein, er hatte sein Kennzeichen nicht angesteckt. Obwohl einer der Posten vorm Banschaftspalast, der seine Papiere kontrollierte, ihm das empfohlen hatte. Die Borte mit dem Feuerkrug, auf dem das rot-schwarze Schachbrettmuster prangte. Goldene Fäden an den Seiten der Borte, wie nannten die deutschen Schneider hier in Novi Sad diesen Uniformenschmuck? Posamenten? Und kamen die berühmtesten und besten dieser Posamenten nicht aus einer kleinen deutschen Stadt in einem kleinen deutschen Gebirge? *Annaberg-Buchholz.* Harte deutsche Worte. Und dennoch schön. Die Anna und das Buch. Die Uniformenschneider und die Posamentenfabrikanten machten gute Geschäfte in diesen Tagen. Aber er trägt ja keine Uniform. Und die Borte ist immer noch in der Tasche seines Mantels. »Ihre Papiere!«

Leise Stimmen in der Synagoge, keine Stimmen in der Synagoge. Er dreht sich um und geht zurück in Richtung Marktplatz, dann in Richtung der *stanica,* dann ändert er die Richtung wieder, geht runter zur Donau, bald würde die Ausgangssperre beginnen. Er greift nach der Borte in der Tasche seines Mantels. Sieht die hell erleuchtete Auslage einer Konditorei. Nein, eine Schänke, eine Kneipe, in der Uferstraße, direkt am Fluss. Wann werden die Löcher ins Eis des Stroms gehackt und gesprengt und geschossen? Schon am ersten der drei Tage im Januar 1942?

Kleiderhaufen auf dem Eis. Ein Mantel. Wäsche weht über den starren Strom. Friert fest, es schneit. Schneehaufen auf dem Eis. Die Sonne steht tief und blendet die Stadt. Nein, es ist Nacht und wird immer Nacht sein, und wenn der Mond verschwunden ist, wie kann dann die Sonne …? Er blickt in die Lichter der Schänke am Ufer, niemand ist auf dem Eis, einen Augenblick nur Ausruhen, er lehnt sich an die Mauer eines Hauses. Und dann sieht er das Bioskop. Er muss ein paar Mal vorbeigelaufen sein an dem flachen Gebäude mit den schmalen Säulen und dem seltsam gewölbten Obergeschoss, dessen kleine quadratische Fenster dunkel sind, auch das Schild mit den kyrillischen Buchstaben über dem Eingang ist kaum zu erkennen. Er hatte das Kino in einem ganz anderen Teil der Stadt vermutet. Oder ist es ein neues, ein zweites Bioskop? Vor gut zwanzig Jahren war ein Kino noch eine Besonderheit, doch nun leben sie in einer Zeit der Bilder. Und plötzlich, als würde das Kino spüren, dass er es anblickt, leuchtet das mittlere der drei kleinen quadratischen Fenster auf. Ein Licht im Bioskop.

Und der Mann mit dem Pelzmantel erinnert sich, wie er *hier* (und was spielt das schon für eine Rolle, ob es dasselbe Bioskop ist, es ist ein Bioskop!) einst Film um Film schaute, als er das erste Mal in ein Kino ging, Anfang der 20er Jahre, er verlor sich im Surren des Projektors, drei Tage und drei Nächte blieb er im Bioskop von Novi Sad (»Herr Vorführer, ich gebe Ihnen all mein Geld und viel mehr noch, aber spielen Sie weiter!« – »Aber die Projektoren müssen abkühlen, junger Mann«). Während draußen die Verwandten mit der unglücklichen Bäckerstochter warteten, an die

Scheibe klopften, wenn er zwischen den Filmen im Café des Bioskops saß.

Und während er auf das hügelige Band des Eises starrt, das sich zwischen Festung und Stadt in der Dunkelheit verliert, fällt ihm wieder der Name des Deutschen ein, der diesen Affenmenschen gespielt hat, den er als Mann der Bioskope irgendwann Anfang der 30er in irgendeinem Bioskop des Kö- nigreiches Jugoslawien entdeckt hatte: Weißmüller, Johnny mit Vornamen, weil er doch nach Amerika gegangen ist. Und Johnny kam hier ganz aus der Nähe, war im Banat geboren, in Rumänien, die Donauschwaben, damals noch zu Habsburg gehörend ..., Johnny Weißmüller, der berühmte Sportler, Olympia, der große Schwimmer, stolz waren sie im ganzen Banat auf ihn, egal ob Deutsche oder Rumänen oder Serben, der János aus Szabadfalu, aus Freidorf, der schon als Kind den großen Strom bezwang, unser Olympiasieger! Unser Weltrekordler! Der dann dem Ruf der Projektoren folgte: wir brauchen einen muskulösen Mann, einen Mann von einem Mann! Wir brauchen einen Tarzan, der Ströme und Urwälder bezwingt, wir brauchen einen Star, der zum Star wird! *Johnny, oh Johnny ... Nie hast du den Strom bezwungen, denn deine Eltern nahmen dich mit in die neue Welt, als du noch ein winzig kleines Kindchen warst und nichts wissen konntest von Flüssen und Urwäldern und all den Tieren, die dir schon bald zu Füßen sitzen würden, und von der Heimat und der alten Welt blieb dir nur ein Rinnsal aus Muttermilch; und blendeten dich die vielen Sterne der United States, als du Gold holtest für sie, Johnny, oh Johnny schwimmt nach Hollywood …*

Hatte er ihn in einem der Kinos in Zagreb gesehen ?, wo er eine Zeit lang arbeitete, oder doch wieder hier, in Novi Sad, in Új-Vidégh, wie jetzt alle die Stadt seit 1941 wieder nennen mussten, seit die Ungarn mithilfe der Deutschen …

Er hatte sich, nach dem Reinfall mit der Bäckerstochter nur noch selten nach Novi Sad getraut, aber die Verwandten hatten die Stadt gen Beograd verlassen, die Bäckerstochter hatte vier Kinder mit einem Kneipenbesitzer, und er saß im Bioskop und sah, wie der Affenmensch Tarzan, der von Affen im Dschungel großgezogen wurde, sich von Baum zu Baum hangelte, sich an Lianen klammerte und seinen berühmten Schrei ausstieß …

Die Pfiffe der Lokomotiven. Er folgt ihnen durch die Dunkelheit. Die Straßen werden schmaler und die Häuser ducken sich links und rechts, und der Mann hat das Gefühl, er müsse seinen

Mantel aufreißen, trotz der Kälte. Als er an der *stanica* ankommt, ist er erstaunt über die plötzliche Stille. (Auch das Pfeifen der Lokomotiven hat aufgehört, als habe sich etwas mit seinem Eintreffen verändert.)

Der Bahnhofsvorplatz ist fast menschenleer, aber im Bahnhof bewegt sich die Menge, wogt hin und her, Soldaten, Gendarmen, erste Kontrollen der Papiere, etwas ist im Gange, er kann es spüren, hat die Gerüchte gehört auf seinen Wegen durch die Stadt, etwas ist im Gange, bereitet sich langsam vor, (ES !) hat noch nicht begonnen, dunkel stehen die Züge auf den Gleisen hinterm Bahnhof (SIE !). Nur ein stetiges Murmeln, als er die Bahnhofshalle betritt, (WIR !) Flüstern, Schritte, Husten.

Und auch später, im Bioskop, im selben Bioskop, in dem er vielleicht den Affenmenschen das erste Mal gesehen hat, in dem er Anfang der 20er seinen ersten Film überhaupt gesehen hat, *Der Fuhrmann des Todes,* herrscht diese Stille, nur ein Flüstern bisweilen, eine zerschlagene Nase atmet pfeifend aus, sie starren alle auf die Leinwand, sitzen still unterm fächerförmigen Lichtstrahl des Projektors, während draußen ... »Ustascha-Schwein !« ... während draußen.

Ujvidék
Duna-utca — Do.augasse

МИЛАНА

Dann doch wieder ein Pfiff, der Nachtzug aus Budapest trifft ein. Frauen und Männer mit Gepäck strömen in die überfüllte Bahnhofshalle, werden aufgehalten, verteilen sich in der Menge, Koffer stehen allein, Koffer kippen um, Kinder stehen an Koffern, Kinder, nicht größer als das Gepäck, ein Junge in einem kleinen Mantel, Bauersfrauen, die auf den Stationen unterwegs zugestiegen sind, halten Körbe mit Eiern und Brot und anderen Lebensmitteln (Rakija) umklammert, die sie am Morgen in der Markthalle verkaufen wollten, manche sind mit Mann gekommen, andere ohne, sie pflegen hier in der *stanica* auf den Bänken zu sitzen, bis es Morgen wird, dämmernd und dösend, rauchend und schwatzend und schweigend, sie haben lange überlegt, ob sie wirklich fahren sollten nach ... Új-Vidégh, bei dieser Hundekälte, die Thermometer zersprangen und die Flüsse gefroren, aber essen muss der Mensch, und Handel treiben muss der Mensch, und trinken (Rakija). Und rauchen muss der Mensch.

Und so steht die blonde junge Frau nun in der Bahnhofshalle, inmitten der Menge, obwohl sie schon längst wieder zu Hause sein wollte, sie hat ihre Bemühungen, eine bestimmte Sorte Zigaretten bei den Schwarzhändlern zu kaufen, aufgegeben, die Geldscheine hält sie zusammengerollt immer noch in ihrer Hand, und später in dieser Nacht konnte sie die Scheine wegwerfen, so schweißdurchtränkt sind sie, dass sie sich auflösen und zerfallen, die Innenflächen ihrer Hände braun und grün färben. Sie war wieder in den Bahnhof gedrängt worden, als sie gerade gehen wollte, eine Kette aus Soldaten und Gendarmen schob die auf dem Bahnhofsvorplatz Wartenden förmlich in die Bahnhofshalle hinein.

Hört sie Schüsse? Ein sehr langer und sehr dünner unsichtbarer Silberfaden dringt aus ihrem Ohr, dringt in ihr Ohr, sie hielt den Kopf geneigt in Richtung der Tür, die auf den Bahnhofsvorplatz führt, in die Stadt hinein, Schüsse? Die eben noch wogende Menge ist ruhig und lauscht.

Was sind das für Klänge im Silberfaden? ... Schritte, das Klappern von Hufen, das Rauschen des Stroms, der sich an den Ufern aufbäumt, bevor er zufriert, das Klappern von Zähnen, Schreie, BITTE BITTE, Schüsse ... wie durch die Fäden von Kindertelefonen dringt das alles zu ihr, dünne Zwirnfäden, gespannt zwischen zwei leeren Konservenbüchsen ... in Kindheiten in Novi Sad, Beograd, Kragujevac, Budapest, Berlin und auch anderswo.

Später kann niemand mehr genau sagen, wann wieder ein Zug angekommen ist in dieser Nacht, oder ist es schon die nächste? Kalte Tage, die wie Amalgam ineinanderfliesen. Die Toiletten im Bahnhof sind verstopft, und auf den Bahnsteigen, an den Mauern gefrieren die Fäkalien. Ein Mann hockt dort, tot. Ein Zug fährt ab im Morgengrauen, Schüsse, nun doch!, ein Stück weiter weg. Die Gendarmen stoppen den Zug. Scheiben zerspringen im schrillen Pfeifen der Lokomotive. Reisende ohne Papiere liegen am Bahndamm. Fleckiger Schnee. Ein Mann hat sich unter dem Sitz im Abteil versteckt. Sie packen ihn an den Füßen. »Wir bringen Sie schon zu Ihren serbischen Freunden.«

Im Bahnhof werden die ersten Gruppen abtransportiert. »Aber ich habe Papiere!«

Ungültig. Ein Heizer, rußverschmiert und schwitzend, der Schweiß gefroren im Nacken, an den Haarspitzen, die wie Eis glitzern zwischen dem Ruß, protestiert, die Kohleschaufel noch in der Hand, gegen die Behandlung der Reisenden und des Eisenbahnpersonals, auch er wird abgeführt, andere Eisenbahner protestieren gegen seine Abführung, wir brauchen doch den Heizer!

»Camel?«, fragt die junge Frau immer wieder im Wogen der Menge, »haben sie vielleicht Camel-

Zigaretten zu verkaufen? Die mit dem Kamel und den Pyramiden. Wir zahlen gut.« Mit *wir* meint sie die serbische Familie, bei der sie als Dienstmädchen arbeitet. Doch die Schwarzhändler drängen Richtung Ausgang. Lassen ihre Ware fallen, blau uniformierte Gendarmen zertrampeln Zigaretten und greifen nach Schwarzhändlern und Zigarettenschachteln und Geldscheinen.

Und zwei der drei Kinder der Familie der blonden Frau, »ich arbeite nur für sie, aber es ist dennoch meine …«, zwei Mädchen, »unser serbischer Name stand schon im Defter der alten Osmanen!«, spannten dünne Fäden zwischen den zwei Kinderzimmern, banden die Enden der Fäden an Streichhölzer, bohrten Löcher in leere Konservendosen, verbanden so die Linien ihrer Gespräche. »Kinder, was macht ihr?«

»Wir telefonieren, weil der Vater nichts mehr sagt seit Tagen!«

Sie hält die Geldscheine in ihrer Faust, umklammert dieses schmale Bündel Papier, das der Vater der Kinder ihr gegeben hat. Nein. Die Kinder hatten ihre Sparbüchsen geleert, ihr nur die Scheine mitgegeben, die in dem großen weißen Porzellanschaf raschelten, das Kleingeld nimmt später einer der Soldaten aus den Scherben. »Kauf dem

Papa eine Schachtel *Camel,* die liebt er doch so. Dann geht es uns allen wieder gut.«

Und während die junge blonde Frau, die seit 1938 das Hausmädchen der Familie ist, versucht, die Zigaretten für den Vater zu bekommen, vibrieren die über den Flur gespannten Fäden des Kindertelefons von den Stimmen der Kinder, während

im Silberfaden der jungen blonden Frau, die immer noch glaubt, eine Schachtel Camel-Zigaretten zu bekommen, nur der Fluss leise raucht unter dem Eis.

»Telegrafenamt Paris an Station Beograd!«

»Schrei nicht so, du Dummchen, sonst höre ich dich über den Flur!«

»Ich hör dich nur in unserem Faden!«

»Aber dich, Dummchen, hören die Partisanen noch drüben am Fluss!«

»Ich bin nicht am Fluss, du selber Dummchen, ich bin in Paris! Und die Partisanen würden uns doch nur helfen. Einmal das Amt bitte!«

»Na siehst du, jetzt bist du schon leiser!«

»Das kitzelt im Ohr!«

»Hörst du das?«

»Nein. Doch.«

»Da schlägt jemand an die Wohnungstür.«

Und während die junge blonde Frau erst vor

und dann in der *stanica* versucht, eine Schachtel Camel-Zigaretten für den Vater der beiden Kinder, die über den Flur telefonieren, zu bekommen, »Sie sind zu früh, meine Herren Soldaten, es beginnt doch alles erst in der nächsten Nacht!« – »Kommen Sie mit, Ihr Nachbar liegt schon auf dem Hof. So ergeht es den Spionen. Und seine Frau ...« – »Schweigen Sie bitte, vor den Kindern«, EINS ZWEI DREI, werden die Pfiffe der Lokomotiven immer lauter, als würden die Lokomotivführer die Vojvodina und die Welt informieren wollen mit den schrillen Schreien ihrer Lokomotiven ..., und in der wogenden Menge in der *stanica*, in die das Pfeifen der Lokomotiven dringt und sie vergeblich ins Freie zu drängen versucht (ein Heizer schwingt die Schaufel, schaufelt Kohle und immer mehr Kohle in die rot glühende runde Öffnung, damit das Pfeifen weitergehen kann), steht plötzlich ein Mann neben der blonden Frau, der trägt einen Fellmantel, dessen Aufschläge ihr über das Gesicht kratzen, so dicht steht er bei ihr.

Die Gendarmen und Soldaten, blaue Uniformen, feldgrüne Uniformen, teilen die Menge, »Papiere, Papiere!«, ein Mann mit einer blutenden Kopfwunde irrt zwischen den Soldaten umher, versucht den verantwortlichen Offizier zu finden,

Ujvidék
Cs. és kir. 6. gyalogezred laktanya
Kaserne des K. K. Inf. Reg. No. 6.

während ihm das Blut übers Gesicht läuft, sein Hemd ist dunkel, schwarz fast, und auf der Brust ist das Blut so hart geworden, das der Stoff fest wie ein Brett kantig von seiner Brust absteht; später heißt es, der Mann sei von den Toten auferstanden, nur um wieder getötet zu werden; eine Soldatenstreife war in sein Haus eingedrungen, hatte sein Frau erschossen, seine Tochter mit dem Bajonett erstochen, während er schon tot am Boden lag, eine Pistolenkugel tief in seinem Kopf, durchs trübe Glas seiner Augen erkannte er ALLES und stand wieder auf und lief in die kalte Stadt hinein.

»Magst du Filme?«

Der Mann hat einen seltsamen Akzent, sein Serbisch klingt südlich wie die Sprache der Kroaten, die ja fast dieselbe ist, aber dennoch kann die Frau den slawischen Grundton des Serbischen deutlich heraushören, oder sind das vielleicht die fremden, fast österreichischen Klänge der Slowenen?, *ach ihr unglücklichen Völker Jugoslawiens!* – »Wer hat hier eben JUGOSLAWIEN gerufen? Dieses Land ist tot! Lang lebe das heilige *Magyar Királyság*!«

»Filme?« Die blonde Frau blickt den Mann an, dessen Schultern sehr breit wirken unterm Fell seines Mantels. »Wer hat denn jetzt Zeit für Filme?«

»Zeit ...« Der Mann lacht und blickt direkt in ihre Augen (braun), und die blonde Frau sieht, wie sein Gesicht, das ihr sehr alt vorgekommen war, schlaff und faltig, sich plötzlich strafft, hell und jung wird, die Falten verschwinden und werden zu Lachfältchen und seine Augen glänzen blau, als würde sich etwas sehr Blaues in ihnen spiegeln, *Himmel, Wasser, Adria-Azur, Hemden, hellblaue* *Chesterfield,* glänzen, als seien Tränen in diesem Blau. Dann verschwindet das Lachen und sein Gesicht wird wieder hart. *Faltig, kantig, schlaff und hart. Gesichter im Wasser.*

»Du solltest jedenfalls besser aufhören, die stanica über deinen dringenden Wunsch nach Kamel-Zigaretten zu informieren.«

»Camel«, verbessert ihn die blonde Frau, »das ist Englisch.«

»Ich habe von dieser Sprache gehört«, sagt der Mann und zieht eine flache rote Pappschachtel aus der Innentasche seines Mantels, klappt den Deckel auf und nimmt sich eine Filterzigarette. Die blonde Frau kann den geschwungenen Schriftzug *Dunhill* erkennen. Sie hat diese Marke noch nie gesehen, obwohl der Mann der Familie, für die sie seit 1938 arbeitet, »Wie heißt der Mann?«, am liebsten englische und amerikanische Marken rauchte und die Schachteln in einem Zigarren-Humidor aus Tropenhölzern aufbewahrte, damit der Tabak in den Zigaretten nicht trocken wurde, manchmal stand er vorm offenen Humidor, einer schmalen kleinen Truhe, deren Maserung auf dem Holz die Kinder liebten und mit den Fingern nachzogen, und roch an einzelnen Zigaretten, »Virginia Blend, der beste Tabak der Welt!«, Camel mit der Pyramide, Woodbine mit dem kleinen braunen Tabakblatt, die starken Chesterfield mit der Krone über dem C, der rote Kreis der Lucky Strike ...

»Greif zu, Mädchen!« Der Mann im Pelzmantel hält ihr die immer noch offene Schachtel hin. »Fast genauso englisch wie deine Kamel-Zigaretten.«

Nun lächelt sie, das erste Mal an diesem Abend und das letzte Mal für lange Zeit. Und in ihrem Lächeln deutet sich auf ihrem Kinn ein Grübchen an.

»*Camel* sind aber aus Amerika!« Sie nimmt eine der Filterzigaretten. Und während sie die Zigarette unschlüssig zwischen Daumen und Zeigefinger hält, verstummt der Bahnhof um sie, keine Stimmen mehr, keine Dampfpfeifen mehr, keine Rufe der Soldaten, alle Bewegungen werden langsamer.

»Magst du Filme?«, der Mann mit der blutenden Kopfwunde wird von zwei Soldaten nach draußen geführt, durch eine der Türen, sein Arm sticht plötzlich in die Luft, zwischen den beiden Soldaten, die ihn links und rechts halten, er taumelt, der Arm starr und seltsam gebogen wie ein Ast, der Zeigefinger abgespreizt und lang und spitz wie ein …, der Mann bewegt die Lippen, über die sein Blut fließt, und immer wieder scheint er etwas zu rufen, was die blonde Frau, die ihn beobachtet durch den Rauch ihrer Dunhill-Zigarette, nicht versteht, unaufhörliche Bewegungen seiner Lippen, aber vielleicht flüstert er auch nur, denn die stanica ist verstummt und dampft schweigend in die Kälte der Nacht.

»Eigentlich rauche ich nicht.«

»Nun, dann ist es jetzt vielleicht Zeit, damit anzufangen.« Nur ihre Stimmen sind zu hören in der *stanica*. Ihre Zigarette ist ausgegangen und der Mann gibt ihr Feuer und sie raucht hustend. Ihr Husten wirkt plötzlich wie ein Donnergrollen in der Bahnhofshalle, in der Stille. Ihr ist schwindlig. Und sie sieht die *stanica* sich weiten, sieht, wie die Wände sich runden, die Decke sich wölbt, und alles wird weit und hoch, eine Kathedrale, still und leer trotz all der Menschen in ihr, weit und hoch, bevor sich Wände und Decke wieder verengen, die Menge, die wartet und geteilt wird in Menschen mit Papieren und Menschen ohne Papiere, wird zusammengeschoben im kleiner werdenden Raum, und draußen, auf dem Bahnhofsvorplatz, stoßen die wartenden Lastkraftwagen Verbrennungsgase aus, still auch dieser Vorgang, die Motoren müssen laufen, sonst gefrieren die Zylinder, die Wärme der Motoren dringt angenehm in die Kabinen der Fahrer, die Ladeflächen sind glatt und glänzen, leer noch, Eisblumen an den Seitenfenstern der Fahrerkabinen, der Heizer wird gebracht und auf eine der Ladeflächen geworfen ... Eisblumen auf dem trüben Glas der Augen.

»Und magst du nun Filme?«

»Ich weiß nicht ...«

»Du weißt nicht?«

»Ich habe nicht viele Filme gesehen in ... in meinem ... Bisher.«

»Dann sollten wir sie suchen gehen, die Filme, in dieser Nacht.«

»Was meinst du?«

»Dass wir von hier weg müssen.«

»Um Filme zu schauen? Ich muss zu meiner Familie.«

»Wie ist der Name deiner Familie?«

»Ich arbeite für sie. Ich muss zu ihnen.«

»Auch ohne Zigaretten, Mädchen?«

Und sie öffnet ihre Hand, in der sie immer noch die Geldscheine hält, und sieht, dass die Scheine nur noch ein bunter Klumpen Papier sind, so sehr hat ihre Faust das Geld umklammert, kalter Schweiß, und als sie ihre Hand später wieder öffnet, liegt dort ein kleines Stück Pappe, ein Billet. Sie sitzt im Halbdunkel des Bioskops in Novi Sad und sie dreht sich um und blickt in die fächerförmigen Strahlen des Lichts, ein Mann steht neben diesem Flimmern, an die gekalkte Wand gelehnt, auf der sein Schatten sich bewegt, er trägt einen Mantel, an dessen Aufschläge er eine Art Abzeichen gesteckt hat, und es dauert eine Weile, bis sie begreift, dass es das Zeichen der Ustascha ist, das Symbol der kroatischen Faschisten.

Wie ist sie hierhergekommen? Sie sieht andere Menschen, die Reihen des kleinen Kinosaals sind nur spärlich besetzt, ein Mann, der zwei Reihen vor ihr neben einer alten Frau sitzt, trägt einen Turban, der oben weiß und unten rot ist. Und alle schauen sie auf die Leinwand, auf der eine Wüste erscheint, eine endlose Fläche aus Sand und Felsen. Zwei Männer reiten durch die Wüste. Der Mann mit dem blutigen Turban lacht. Vielleicht, weil seine Kopfbedeckung, die eher ein Verband ist, denen der beiden Männer auf der Leinwand ähnelt.

Wie warm es dort sein muss. Der Sand, der die Sonne reflektiert, blendet sie alle. Die Alte legt die Hand über die Augen. Große dunkle Vögel kreisen über einer Felsformation, die beiden Männer entdecken eine Leiche. Der blutige Turban, zwei Reihen vor ihr, lacht. Sie dreht sich um. Der Mann mit dem Mantel ist verschwunden, nur noch sein Schatten auf der Wand. Wer hat den Toten ... getötet? Wie ist sie hierhergekommen?

Sie schließt die Augen. Sieht und spürt die Bewegungen des Lichts durch die geschlossenen Lider. Sie stolperten über Körper. In unregelmäßigen Abständen, die ihr regelmäßig vorkamen, stießen sie auf Körper, lang und dunkel und schmal im Schnee, wo war der Mond? Straßen, Gassen, Novi Sad. »Sad, really sad, isn't it?« Sie drehte sich zu ihm, lachte er, während sie voranstolperten? Hatte er nicht vorhin noch von *Kamel-Zigaretten* gesprochen statt von *Camel*, und nun sprach er plötzlich Oxford-Englisch wie der dicke Churchill mit dem großen Kopf, den sie aus der Zeitung kannte.

Neben ihr tuscheln zwei Jugendliche. Sie tragen nur Unterwäsche, als hätte jemand sie gezwungen, sich auszuziehen. Kurz glaubt sie, dass sie sich vielleicht wegen der Glut der Wüste hier im Bioskop entkleidet haben, endloser Sand, Dünen, Steinfelder, schwarz-weißer Sand, aber dann erkennt sie münzgroße Flecken, wie Löcher, auf den Armen des einen Jungen. Die Beiden starren auf die Leinwand. Schüsse. Drinnen. Draußen. Die beiden Reiter geraten in einen Hinterhalt. Sie werden in die großen Salzsümpfe gelockt. Zum Schott el Dscherid.

»Das Meer des Schweigens. Ich war dort.«

»Was?« Sie wäre beinahe aufgesprungen. Ins Licht des Projektors. Und die acht oder neun Menschen, denn mehr waren es nicht, die im Bioskop von Novi Sad saßen, hätten geschimpft, weil der Schatten der blonden Frau auf der Leinwand gelegen hätte, über der Wüste, über den Salzsümpfen, über der Glut der Sonne, auf die sie starrten, mit tränenden Augen, mit träumenden Augen.

Der Mann mit dem Pelzmantel sitzt neben ihr. Die Ustascha-Borte am Revers seines Mantels ist verschwunden. »Ich war dort«, sagt er noch einmal.

»In den Salzsümpfen? Im Meer des Schweigens?« Sie schüttelt den Kopf, sie versteht nicht.

»Was für ein Meer? Was erzählst du, Mädchen?«

»Ich ... ich weiß nicht. Wo warst du?« Sie packt seinen Arm, und kurz scheint es ihr, und der Klang ihrer eigenen Stimme *»Wo warst du?«* ist ihr plötzlich fremd, hallt seltsam wider und wider in ihren Ohren, die ihr noch schmerzen von den Silberfäden, die sie rausgerissen hatte, *fremd* war vielleicht das falsche Wort, als würde sie den Mann im Pelzmantel, mit oder ohne faschistische Borte, schon länger kennen, als würden sie seit Wochen, Monaten, Jahren durch diese nicht enden wollende Nacht stolpern und jedes Mal hier im Bioskop landen.

»Ich war bei deiner Familie, Mädchen.«

»Ich bin kein Mädchen.«

»Ich war in der Straße, die du mir …«

»Was hast du dort gesehen, Faschist?«

Der Mann nickt, streicht über die Aufschläge seines Pelzmantels, blickt auf die halb nackten Jungen, die neben ihnen sitzen und die ihn kurz mit großen Augen anschauen, sich aneinanderdrücken, *dunkle Flecken auf der nackten Haut,* bevor sie sich wieder, dicht aneinandergelehnt, Richtung Leinwand drehen, auf der die beiden Männer, die sich scheinbar nie trennten voneinander, durch einen unterirdischen Kanal schwimmen. Später sind sie zusammen auf einem Schiff, die afrikanischen Küsten des Mittelmeeres, jemand fällt ins Wasser.

»Der Faschist fand eine leere Wohnung«, sagt der Mann. Er spricht leise, weil er die Menschen im

Bioskop nicht stören will. Jetzt erst sieht sie die Pistole in seiner Hand.

Es ist eine kleine Waffe mit einem kurzen Lauf, er hat sie auf seinem Oberschenkel abgelegt. Der Mann atmet schwer. Sie sieht, dass er die Augen geschlossen hat. Und seine Lippen bewegen sich, sie neigt den Kopf zu ihm, »Faschist!« Aber nur ein wortloses Wispern dringt wie unruhiger Atem aus seinem Mund, der sich immer wieder öffnet und schließt. Der Mann sieht sehr müde aus, und einen Augenblick denkt sie, er ist eingeschlafen.

»Wo sind sie, wo haben die sie hingebracht«, fragt sie an seinem Ohr, und sie sieht, wie sich die Hand mit der Pistole bewegt.

»Sie hätten ins Kino gehen sollen.« Er nickt und wiederholt dann nach einigen Sekunden des Nickens: »Ins Bioskop.«

Sie blickt ihn an, versucht etwas in seinen Augen zu entdecken, einen in einem Blinzeln versteckten Hinweis auf den Verbleib der Familie, doch der Mann starrt auf die Leinwand, umklammert seine Pistole mit beiden Händen, während vor ihnen, in Schwarz-Weiß, so wie auch draußen alles schwarzweiß ist im Licht des verschwundenen Mondes, ein Wasserloch in der Wüste gesprengt wird, ein Brunnen, damit die beiden Helden verdursten müssen in der unendlichen Glut. Und der Mann weiß nicht, ob er schon gesehen hat, wie die Soldaten Löcher ins Eis des Stroms sprengen, oder ob er es noch sehen wird, weil doch Ähnliches in einem der Dörfer, durch das er gekommen war, passiert ist. »Unters Eis gestopft.« – »Gestopft?« – »Mir fällt kein anderes Wort ein, mir fällt einfach kein anderes Wort ein.« Der blutige Turban lacht.

Sie blickt den Mann im Wolfspelz immer noch an, versteht nicht, was in der Stadt vor sich geht, während sie hier den deutschen Wüstenfilm sehen, denn die meisten der Worte und Sätze, die auf der Leinwand gesprochen werden, sind deutsch, die beiden Helden reden Deutsch, nur die Araber, die Beduinen sprechen Arabisch, das ihr aber vertrauter und schöner vorkommt, als die harten Rufe der Helden, obwohl sie ganz gut Deutsch versteht, wie die meisten der Einwohner von NEUSATZ, und während die beiden Helden durch die Dünen der Wüste kriechen, der eine, so begreift sie nun, ist gar kein Deutscher, er hätte auch nie den Gefallen des Führers gefunden, so un-arisch wie er aussieht, (der Vater der serbischen Familie, für die sie arbeitete, machte ständig Führerwitze: »Hitler besucht ein Irrenhaus, schreitet die Reihe der Insassen ab. Jeder Patient schreit: ›Heil Hitler!‹ Nur am Ende der Reihe steht einer ganz still. Hitler: ›Warum grüßen Sie nicht?‹ Der Mann: ›Ich bin der Wärter, ich bin nicht verrückt.‹ «), klein, fast verwachsen, spitzbärtig und stoppelbärtig, er ist ein Beduine und der Diener des Deutschen, den er immer »Sihdi« nennt, halb verdurstet sind sie schon. »Ich will nicht ertrinken!« – »Wir werden Eis sein, lange bevor wir den Grund berühren«, und während die wenigen Zuschauer im Bioskop von Novi Sad voller Angst mit den beiden bangen und ihre eigene Angst vergessen, sagt der Mann im Pelzmantel plötzlich, ohne sich zu der blonden Frau neben ihm zu drehen: »Jemand war noch dort.« – »In der Wohnung?« Sie kreuzt ihre Arme vor der Brust, legt ihre Hände auf ihre Schultern, umklammert ihre Schultern. »Wie kommt es, dass du …, dass die Soldaten dich nicht …?«

»Es ist die Nacht der Faschisten.« Jetzt blickt er sie an und sie muss sich wegdrehen, weil sie nicht in seine Augen blicken will, nicht dort hineinblicken kann, später würde er ihr die Augen verbinden …

»Jemand?«, fragt sie leise.

»Jemand«, sagt er. Und nach einer Weile, die beiden Helden werden gerettet, eine Frau führt eine Gruppe von Beduinen auf Kamelen zu ihnen,

der blutige Turban lacht, »Kamel-Zigaretten«, hebt der Mann mit dem Pelzmantel sehr langsam seine Pistole, die immer noch auf seinem Oberschenkel liegt.

»Einen Augenblick«, sagt er, und wieder schließt er die Augen und sein Kopf sinkt auf seine Brust, »habe ich gedacht, ich könnte ..., nein, ich *müsste* schießen, so, wie man eine junge Katze ertränkt, so, wie man einen Leidenden ...«

»Eine Katze?«, fragt sie, und ihre Stimme klingt sehr hoch und fast schon schrill, als sie wieder »Eine Katze?« sagt, denn sie ahnt nun, was er dort gefunden hat. Sie packt seine Hand mit der Pistole, zieht sie an ihr Gesicht und riecht an der Mündung des Laufs. »Sie haben nicht geschossen ...«

»Wie könnte ich.«

»Wo ist das Kind?«

»Dort oben.« Er weist mit der Pistole hinter sich, zu dem kleinen Fenster in der Wand, aus dem das Licht erst schmal, dann immer breiter werdend, fächerförmig bis zur Leinwand dringt. Die beiden Jungen, die wenige Plätze neben ihnen sitzen, sehen die Pistole im Licht und erschrecken und klammern sich aneinander, und der Schatten der Pistole erscheint groß auf der Leinwand, über der Wüste, über dem Dorf der Beduinen, der Araber, in dem die Helden nun bewirtet werden, verschleierte Frauen tanzen im Sinn der Tradition vor ihnen, Reiter zeigen ihre Künste, galoppieren in immer enger werdenden Kreisen um die Lagerstatt der beiden Helden herum, und die Pistole verschwindet wieder, eine Schattenhand legt sich auf sie.

Und sie sehen von »dort oben« durch das Fenster, sehen mit dem Licht des Projektors, wie sich der Saal unter ihnen wieder beruhigt. Die Pistole ist vergessen, der Film läuft weiter, die Helden reitten weiter, neue Abenteuer, der Winter ist wieder fern der Wüste.

Und der alte Mann, der die beiden Zeiss-Ikon-Projektoren aus Dresden bedient, die Rollen wechselt, den Lichtbogen der Elektrokohle überwacht, der so gleißend hell die Bilder von der Nitrorolle auf die Leinwand bringt, begrüßt sie beide, als würde er sie schon lange kennen, schiebt den grünen Schirm, den er als Lichtschutz an einem Gummiband auf der Stirn trägt, über den Augen, einen Moment nach oben, als ist es das Normalste der Welt, dass ein kroatischer Faschist mit einer Pistole und eine junge serbische Frau im Januar 1942 in seinen Vorführraum kommen; und der alte Mann, der Filmvorführer, beobachtet den Lichtbogen, den Bogen aus Licht, der nicht dunkler werden

darf, die Elektrokohle, zwei Stangen, Ende an Ende, verkürzte sich im Ausbrennen, aus Funkenschlag zwischen negativ und positiv werden Licht und werden Bilder, und der alte Filmvorführer sieht durchs Fenster die grafischen Zeichen, die zu gegebener Zeit oben auf der Leinwand erscheinen und ihm sagen, dass es Zeit ist, die Rollen zu wechseln,
80 DREIECKE, *weiß wie Schnee, schwarz wie …*, bereitet den anderen Projektor vor, nächste Rolle, sieben Akte hat der Film *Durch die Wüste*, er spürt die Hitze der Projektoren, riecht den Schweiß der Nitrofilmrollen, den sonst keiner riechen kann, lauscht dem leisen Rattern des Projektors, der zweite steht still noch daneben, wartet auf seinen Einsatz, und der Lichtbogen, der zwischen den beiden Enden der Elektrokohle entsteht, erhellt den kleinen Raum über dem Saal.

Ein Rucksack liegt auf dem Tisch. Ein Armeerucksack. Der dunkelgrüne Stoff bewegt sich. Die Frau geht zu dem Rucksack. Öffnet ihn. »Was ist mit dem Jungen?«

»Er schläft.« Der Mann mit dem Pelzmantel neigt seinen Kopf zu dem des alten Filmvorführers, und gemeinsam schauen sie durchs Fenster auf die Leinwand, ein Mann versinkt in einem Sumpf, die Wüste ist nah, das Meer des Schweigens.

»Er schläft so tief, du hast ihn hierher gebracht … Was ist passiert in der Wohnung?«

»Du willst es nicht wissen, Mädchen.«

»Ich bin kein Mädchen!«

»Ich habe dem Baby ein Glas Bier gegeben. In der … Nuckelflasche. Er trank gut.«

»Bier? In der bočica? Was machst du?«

»Ich wollte, dass er schläft. Ich musste ihn aus der Wohnung bringen.«

»Ins Kino. Ins Bioskop.« Sie nickt und wird ruhig und wiegt den Rucksack vor ihrer Brust. »So wie du die anderen hierher gebracht hast?« Sie blickt zu dem kleinen Fenster, vor dem der Projektor leise rattert.

»Die anderen …« Er winkt ab. Sieht, dass er immer noch die Pistole in der Hand hält, und schiebt sie in eine Tasche seines Pelzmantels.

»Dann bist du also gar kein Faschist?«

»Was spielt das schon für eine Rolle …«

»Wer die Filme so liebt wie er, kann doch kein Faschist sein«, mischt sich der Alte mit seltsam hoher Stimme ein. Sein Gesicht leuchtet grünlich unter seinem Schirm, im Flackern des Projektorlichts.

»Ach, hör auf«, der Mann mit dem Pelzmantel tritt näher an die blonde Frau heran, die den Rucksack immer noch vor ihrer Brust wiegt, »auch der

Führer liebt die Filme, wie man hört. Wir sollten gehen, wir müssen weg.«

Er blickt in den Rucksack, den er mit Schafwolle ausgekleidet hat, bevor er das Kind, das eigentlich noch ein Baby war, hineingelegt hatte. Er stand mit der Pistole vor der Wiege, die Wohnung leer und Schränke und Schubladen aufgebrochen, und zielte auf das Kind, das unruhig schlief.

Zuvor war er durch die Zimmer und Räume gegangen. Eine wohlhabende Familie, immerhin konnten sie sich ein Hausmädchen leisten. Aber Serben, keine Juden. Ein Kupferstich unter Glas vom alten Novi Sad, die Festung auf der einen Seite des Stroms, die Stadt auf der anderen, die Brücke über die ..., das Glas war zersplittert, das Bild hing schief, er versuchte es geradezurücken an der Wand, ging dann langsam weiter, Scherben knirschten unter seinen Stiefeln, er schaute in alle Räume, *andere Räume, keine Stimmen,* ein helles Polstersofa, so sauber und makellos, dass er sich einen Moment darauf setzen musste, der Kopf sank ihm auf die Brust, seine Hände streichelten die samtenen Polster. Und als er dann, wenig später, wieder durch den Flur der Wohnung lief, er hatte ein wenig die Orientierung verloren, *wo bin ich,* schaute er erneut in alle Räume, öffnete wieder und wieder Türen, die er schon geöffnet hatte, der Boden des Flurs, der sehr lang und fast schon düster zwischen den Zimmern verlief, war mit Schmutz, geschmolzenem Schnee und Blut bedeckt, Fußabdrücke, eines der Mädchen fand er in der Speisekammer hinter der Küche. Sie musste sich dort versteckt haben. Hatte es zumindest versucht. Sie blickt ihn an und blickt doch an ihm vorbei. Eine leere Konservendose, liegt neben ihr, im Boden der Dose ein Loch, aus dem ein dünner Faden hängt.

Er bedeckte sie mit einem Laken, das er aus einem der Schlafzimmer holte, wusste nicht, was er sonst tun sollte.

Er stand vor der Wiege, die Pistole mit beiden Händen festhaltend, zielte und blickte auf das atmende Kind. Das ein Baby war. Wäre es nicht eine Gnade? Keine Familie. Anymore. Der dicke Churchill. Die Schwester in der Speisekammer. *Dunhill*-Zigaretten. Der kurze Lauf der Pistole. *Wie eine junge Katze in den Fluss …*

Sie kann den Fluss nicht sehen, weil er ihr die Augen verbunden hat. Sie hört Schreie. Schüsse. Er hat sie am Arm gepackt. Trägt den Rucksack, den er unter den Mantel geschoben hat, sodass es aussieht, als hätte er einen Buckel, und er spürt, wie das Kind sich an seinem Rücken bewegt. Sie brauchen Milch. Er kennt einen Bauern, nicht allzu weit vor der Stadt. Der sollte noch leben, denn er ist Ungar. Wie soll ein Kind überleben bei minus fünfundzwanzig Grad und inmitten dieser Dunkelheit. »Du tust mir weh.«

»Sei still.« Er packt ihren Arm noch fester, weil

er einige Soldaten sieht, die ihnen entgegenkommen. Er trägt die Ustascha-Borte am Aufschlag seines Mantels. Hält seine Papiere in der freien Hand. »Diese Spionin ist eine Gefangene der Ustascha des großen Poglavnik Ante Pavelić, Freund aller Ungarn.«

Sie kann den Fluss nicht sehen. Sie hört den Mann vor sich hin murmeln. Sind das Zahlen, die er flüstert? Er hat mehrere Decken über ihre Schultern gelegt, aber ihr ist, als wäre sie nackt und ihre Haut aus Eis.

»Eine Sekunde noch«, hatte er gesagt, kurz bevor sie aufbrachen, »ich will sehen, wie es ausgeht.«

»Was ausgeht?«

»Der Film, Mädchen, was sonst?« Er war an das kleine Fenster getreten, hatte von dort auf die Leinwand geblickt, bis der Abspann begann. Aufmerksam las er die Namen der Schauspieler. Dann drehte er sich um, nickte und lächelte sie an. »Die beiden haben es geschafft, haben ihre Feinde besiegt.«

Der Filmvorführer hantierte mit großen runden Blechboxen, in denen die Filmrollen lagen. »Ich kann nicht die ganze Nacht Filme abspielen«, sagte er, »sonst brennt mir der Laden noch ab.«

»Keiner der Zuschauer wird gehen«, sagte der Mann mit dem Pelzmantel, »egal ob ein Film läuft.«

»Der Gute hier ist fast wieder kalt.« Der Filmvorführer streichelte einen der beiden Projektoren. »Dresdner Markenware. Und ich habe *Baron Münchhausen*, in Farbe!«

»Der Führer hätte seine Freude. Erst dieser Wüsten-May, dann Hans Albers.«

Sie kann den Fluss nicht sehen. Erfährt erst viel später, was genau passiert ist in diesen Nächten, durch die sie stolpern. Ein paar Mal will sie die Binde zur Seite schieben, aber er nimmt ihre Hand. »Nein. Schau nicht hin.«

Lebende und Tote. Unter dem Eis. Sie kann den Fluss nicht ...

»Wohin gehen wir? Warum hilfst du mir? Was wird aus den anderen, im Bioskop?«

Der Mann schweigt. Schaut sie an. Das Grübchen am Kinn, das erscheint, wenn sie lacht. Ihr blondes Haar. Er bewegt seine Hand vor ihr, die Fingerspitzen nur wenige Zentimeter von ihrem Gesicht entfernt, aber sie kann es nicht sehen. Vielleicht hätte ich sie im Bioskop lassen sollen, denkt er, bei den anderen. Aber wenn sie das Kino verlassen, wenn die Säuberungen vorbei sind, wird draußen immer noch der Winter des Jahres 42 sein, *und der Fuhrmann des Todes fährt durch die Stadt.*

Der Mann wird nie wieder in ein Kino gehen, keine Filme mehr im Bioskop. Das Baby hat angefangen zu weinen. Sie läuft nun hinter dem Mann, eine Hand auf seiner Schulter. »Wo sind wir?« Sie streichelt den Buckel des Mannes, in dem das Baby weint. Die Schüsse sind kaum noch zu hören.

»Im Sommer ist hier alles golden. Wo sind wir?« Das Knirschen ihrer Füße im Schnee. »Ich weiß es nicht«, sagt er, und sie spürt, wie er den Rucksack abnimmt, »ich weiß es nicht.« Er zieht ihr die Augenbinde vom Gesicht.

Unterm Eis eines breiten Stroms trieb eine junge Frau. Ihr helles Haar fächerte sich weit um ihren Kopf, und die Strömung des Flusses nahm ihr langes helles Haar und bewegte es bis zu ihren Hüften, und unterm brüchigen Eis des Flusses sah es so aus, als hätte sie Flügel oder als würde sie in fließender Bewegung gegen den Strom schwimmen. 91

Erstausgabe 2020
by Faber & Faber Verlag GmbH Leipzig

Die Abbildungen sind allesamt
historische Postkarten aus Novi Sad.

Herstellung Atelier Eilenberger
Schrift Warnock
Papier Cordier
Printed in Germany

Dieses und andere schöne Bücher
finden Sie auch im Internet unter
www.verlagfaberundfaber.de

ISBN 978-3-86730-184-8